NORMAN BRIDWELL
EL PRIMER OTOÑO DE
Clifford

Traducido por Teresa Mlawer

SCHOLASTIC INC.
New York   Toronto   London   Auckland   Sydney

Para Neil Patrick y Andrew David

Originally published in English as *Clifford's First Autumn*.

No part of this publication may be reproduced, or stored in a retrieval system, or transmitted in any form or by any means, electronic, mechanical, photocopying, recording, or otherwise, without written permission of the publisher. For information regarding permission, write to Scholastic Inc., Attenion: Permissions Department, 555 Broadway, New York, NY 10012.

ISBN 0-590-37332-3

10 9 8 7 6 5

Printed in the U.S.A.   24
First printing, September 1997

—Hola, mi nombre es Emily Elizabeth,
y mi perro se llama Clifford.
Cuando era un cachorro, a Clifford le encantaba el verano.
Íbamos a jugar todos los días al parque.

Le gustaba perseguir los pájaros, pero nunca los atrapaba.

De camino a casa, siempre nos deteníamos a oler las flores.

Llegó el fin del verano, y una mañana Clifford se despertó con el silbido del radiador.

Lo levanté para que pudiera ver por la ventana.

¡Se sorprendió al ver que salía humo de su hocico!

Era su aliento en el aire helado de la mañana.

Había llegado el otoño.

Lo abrigué bien y lo saqué a pasear.

El parque se veía diferente. El suelo estaba cubierto de hojas.

Clifford no podía perseguir los pájaros. Volaban hacia el sur.

En lugar de flores, ahora había calabazas.
Clifford nunca había visto una calabaza.

¡Ay, ay! Clifford se escapó.

¡Cataplún! Las calabazas salieron rodando.

¿Dónde estará Clifford?

A veces, Clifford era muy travieso.

Nos despedimos del dueño de la frutería y entramos en el parque.

Una ráfaga de viento hizo caer más hojas
de los árboles. Al principio, Clifford se asustó.

Pero enseguida comenzó a correr tras las hojas.
¡Fue muy divertido!

Vimos una montaña de hojas. Clifford saltó y se hundió en ella.

¡Vaya! Esto era aún más divertido.

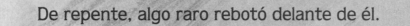
De repente, algo raro rebotó delante de él.

Tenía atado un cordel largo.

Clifford lo atrapó . . .

. . . y echó a correr.

En ese momento, un niño lo agarró.

Parece que no vio a Clifford.

Otros niños comenzaron a correr detrás del niño.

—¡Cuidado! ¡Un perrito está agarrado de la pelota!

—gritó una niña.

El niño soltó la pelota.

Clifford la atrapó y salió corriendo.

Cruzó la línea blanca y todos los niños comenzaron a aplaudir. Clifford había anotado un *touchdown*.

Los niños pensaron que Clifford era un perro especial.

¡Qué dirían si lo vieran ahora!